¿ME LEES UN CUENTO, POR FAVOR?

¿ME LEES UN CUENTO, POR FAVOR?

Volumen 2

Ilustraciones de Penny Dann

CÍRCULO de LECTORES

Para Susan y Ann y sus hijos
¡y para sus nietos!   W. C.

A J.D. con amor   P. D.

Título original: *Read me a story, please*
Traducción: Mercè Serret
This collection © Orion Children's Books, 1998
Illustrations copyright © Penny Dann, 1998
Collection compiled by Wendy Cooling
Designed by Tracey Cunnell
Penny Dann have asserted her right to be identified as the illustrator of this work
First published in Great Britain in 1998 by Orion Children's Books a division of the Orion
Publishing Group Ltd. Orion House 5 Upper St Martin's Lane, London WC2A 9EA
© Grupo Editorial Ceac, S.A., 2000
Licencia editorial para Círculo de Lectores por cortesía de Grupo Editorial Ceac, S.A.
Círculo de Lectores, S.A. (Sociedad Unipersonal)
Travessera de Gràcia, 47-49 - 08021 Barcelona
www.circulolectores.com
1 3 5 7 9 0 0 1 0 8 6 4 2
Está prohibida la venta de este libro a personas
que no pertenezcan a Círculo de Lectores
ISBN: 84-226-8414-4
Depósito legal: BI. 1.629-2000
Grafo, S.A.
Impreso en España - *Printed in Spain*
Nº 20701

CONTENIDO

¡Saluda a la Rana, al Ratón y a la Pata! Los tres se han reunido para contarse sus historias favoritas y tú también puedes escucharlas. Cuando acaben… ¡se irán a merendar!

¿Sabes que la **Rana** no puede estar mucho rato sentada? Por eso te contará historias de **2 minutos** entre salto y salto.

Al **Ratón** le gusta ponerse cómodo y contar historias de unos **5 minutos** cada una.

La **Pata** grazna demasiado, pero entre graznidos te explicará cuentos maravillosos.

Podrás ver a la Rana, al Ratón y a la Pata al principio de cada historia. A veces los encontrarás escondidos en los dibujos, o te sorprenderán de repente para decirte algo.

Cuando hayas escuchado los cuentos, empezaremos a merendar, y vendrán muchos amigos. Podrás verlos a todos en los dibujos del final del libro.

EL
GIGANTE EGOÍSTA

Oscar Wilde

Versión de *Lucy Coats*

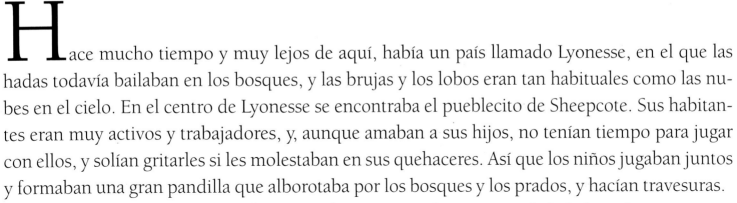

Hace mucho tiempo y muy lejos de aquí, había un país llamado Lyonesse, en el que las hadas todavía bailaban en los bosques, y las brujas y los lobos eran tan habituales como las nubes en el cielo. En el centro de Lyonesse se encontraba el pueblecito de Sheepcote. Sus habitantes eran muy activos y trabajadores, y, aunque amaban a sus hijos, no tenían tiempo para jugar con ellos, y solían gritarles si les molestaban en sus quehaceres. Así que los niños jugaban juntos y formaban una gran pandilla que alborotaba por los bosques y los prados, y hacían travesuras.

Un soleado día de principios de verano, los niños se alejaron más de lo habitual en sus correrías y llegaron a un hermoso jardín. Era un lugar perfecto para jugar, lleno de árboles bajos fáciles para trepar, riachuelos donde construir diques, frutas maduras para comer cuando tuviesen hambre, y flores para coger cuando no la tuviesen. Lo mejor era que no había gente mayor que los riñera, ni siquiera en el gran castillo del centro del jardín. Los niños lo visitaron cada día durante el resto de aquel verano, y durante todo el otoño y el invierno. Aunque las hojas cayeron de los árboles y las flores se escondieron bajo tierra, allí nunca hacía frío, y los conejos, los zorros y los pájaros se hicieron sus amigos en aquel mágico lugar.

Pero un día, hacia finales del invierno, cuando los niños fueron al jardín oyeron una potente voz que les gritaba.

—¡FUERA! ¡FUERA! ¡FUERA! —bramaba la voz—. ¿Cómo os atrevéis a entrar en mi jardín? ¡Es mi jardín, sólo mío! ¡Mío y sólo mío! ¡Y de nadie más! ¡FUERA DE AQUÍ!

Y los niños vieron un horrible gigante que se les acercaba agitando sus grandes brazos, sacudiendo sus enormes puños y pateando el suelo con sus inmensas botas, con tanta fuerza que hacía temblar la tierra. Los niños huyeron aterrorizados, y lo mismo hicieron los conejos, los zorros, los pájaros, los gusanos y los insectos, hasta que no quedó nada ni nadie en el jardín, excepto el gigante.

El gigante se había marchado siete veces al País del Norte, durante siete largos años, y allí contaba y recontaba su tesoro acumulado, sin gastar ni un penique en nada ni en nadie que no fuera él mismo. Maldiciendo y refunfuñando, el gigante empezó a construir una alta pared que rodeara todo el jardín para que nadie más que él pudiera disfrutarlo, y colocó carteles que decían:

LOS INTRUSOS SERÁN PERSEGUIDOS   y   PROHIBIDA LA ENTRADA   y   FUERA LOS NIÑOS, SO PENA DE MUERTE

Era un gigante *muy* egoísta.

Aunque el gigante había regresado a finales del invierno, abril, mayo y junio pasaron muy rápido, y la primavera seguía sin visitar el jardín porque pensaba que el gigante era demasiado egoísta. Los pájaros no cantaban y los árboles estaban sin vida, tristes y helados, mientras al otro lado del muro crecían las flores de azafrán y las rosas, y las estaciones seguían su curso habitual. El Hielo visitó el jardín, y congeló los riachuelos y los estanques. Le gustó tanto que invitó a su hermana, la Nieve, y a su hermano, el Granizo, a que se quedaran allí. La Nieve apareció de noche y tendió su hermoso manto blanco por todas partes. El gigante miraba melancólico por la ventana y tiritaba mientras el Granizo se tiraba por el tejado riéndose cuando las tejas se rompían y se hacían añicos contra el duro suelo.

11

En el jardín no había cambiado nada, sólo que la capa de nieve era cada vez más alta y había más tejas y ventanas rotas, y que la Escarcha se había metido entre los ladrillos y el cemento y estaba destrozando el muro. El gigante tenía la nariz morada y le goteaba, y pilló un resfriado de tamaño gigantesco que le provocaba estornudos tan fuertes que hacían temblar todo el castillo. A veces, maldecía a la primavera por no aparecer, otras, insultaba a los niños que había ahuyentado, pero la mayor parte del tiempo permanecía sentado cavilando y envuelto en muchas mantas. Nunca, ni una sola vez, se culpó a sí mismo. Además de egoísta, era orgulloso.

Un día, un año después de su regreso, el gigante estaba sentado en la cama compadeciéndose cuando oyó una hermosa melodía. Desde el alféizar cubierto de nieve de la ventana, un mirlo le hizo un guiño con sus ojos de color naranja y abrió el pico dando rienda suelta a una canción que quedó flotando en el aire. El gigante levantó la nariz y olfateó. Percibió un perfume, un fantástico perfume, un perfume a tierra cálida y húmeda, a hierba verde que crecía... ¡Un olor a... PRIMAVERA!

El gigante notó algo extraño en el pecho mientras bajaba corriendo la escalera y abría las puertas del castillo de par en par. Miró el jardín y vio que la nieve había desaparecido y que había niños sentados en todos los árboles, y que todos los árboles estaban cubiertos de maravillosas flores rosas y blancas.

Sólo en un pequeño rincón del jardín seguía siendo invierno, y en ese rincón había un niño llorando desconsolado. Era demasiado pequeño para subir a las ramas más bajas del árbol que había escogido, y la Nieve y el Granizo daban vueltas y bailaban a su alrededor burlándose de él. En aquel momento, al gigante se le ablandó el corazón y comprendió lo egoísta y orgulloso que había sido, y corrió hacia el niño para ayudarlo.

13

Cuando los demás niños oyeron que el gigante se acercaba, salieron deprisa por el agujero del muro que había hecho el Hielo, e inmediatamente el invierno volvió a reinar en el jardín. Pero el niño lloraba tan fuerte que no había oído al gigante, y, de repente, sintió que unas manos cariñosas lo levantaban y lo depositaban en la rama más baja del árbol, que, al instante, volvió a florecer.

Miró al gigante a los ojos y le sonrió, valiente. El gigante le devolvió la sonrisa y sacó un enorme pañuelo limpio y blanco y le secó los ojos y la nariz. Entonces, el niño le dio un beso. Al gigante nunca lo había besado nadie, y le gustó mucho. Los últimos rastros de su egoísmo se fundieron como la nieve, y dejó al pequeño para ir al cobertizo de las herramientas a buscar un mazo para derribar el muro y un hacha para romper los carteles que había escrito.

Cuando los otros niños vieron lo que hacía el gigante, regresaron de puntillas al jardín.

A medida que entraban, el sol brillaba y la hierba, las hojas y las flores crecían y florecían como si quisieran hacer en un solo día lo que hubieran hecho en diez. El gigante golpeaba el muro sin parar, y cuando hubo derribado el último ladrillo se agachó ante los niños y les dijo:

—Ahora éste es vuestro jardín. Podéis jugar aquí por siempre jamás.

Entonces buscó al niño que lo había besado, pero no lo vio por ningún lado. El gigante preguntó a los otros niños dónde estaba, pero parecía que no lo conocían, y aunque el gigante lo buscó por todas partes, el chiquillo no estaba en ningún lugar del jardín.

El gigante estuvo triste durante un rato, pero se animó cuando los demás niños le dejaron jugar con ellos, y muy pronto el recuerdo del chiquillo se borró. Pasaron los años, y los niños crecieron y se casaron y empezaron a trabajar en Sheepcote o en otros lugares del país de Lyonesse. Pero, aunque eran muy activos y trabajadores, nunca olvidaron del todo la magia del jardín del gigante, y, cuando tuvieron sus propios hijos, jugaron con ellos un poco más y trabajaron un poco menos y les gritaban lo menos posible. Muchos niños seguían yendo al jardín del gigante, pero con el paso del tiempo él se había hecho muy viejo y reumático para corretear con ellos, así que se sentaba en su enorme tumbona debajo de un árbol, y sonreía, medio dormido, en vez de vigilarlos.

Una mañana muy temprano, mientras el gigante esperaba que llegasen los niños, vio, en el seto, una puerta que jamás había visto antes. Se levantó con un crujir de huesos y se dirigió hacia allí para abrirla. Al otro lado estaba el chiquillo que hacía tanto tiempo le había dado un beso. Con un grito de alegría, el gigante se arrodilló y le abrió los brazos y el chiquillo corrió hacia él, entre risas.

—Ven a jugar a mi jardín, ahora —dijo el niño, y se fueron juntos paseando bajo el sol primaveral.

Aquella mañana, más tarde, cuando los niños llegaron al jardín, la tumbona del gigante estaba cubierta de flores de primavera, aunque era el final del verano. En el seto, no había ninguna puerta, y el gigante había desaparecido como si nunca hubiera existido.

LOS TRES CHIVOS CHIVONES

Vivian French

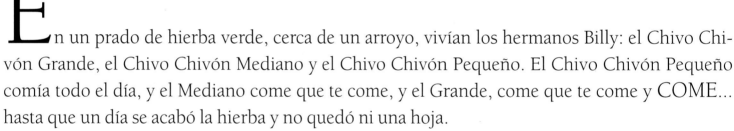

En un prado de hierba verde, cerca de un arroyo, vivían los hermanos Billy: el Chivo Chivón Grande, el Chivo Chivón Mediano y el Chivo Chivón Pequeño. El Chivo Chivón Pequeño comía todo el día, y el Mediano come que te come, y el Grande, come que te come y COME... hasta que un día se acabó la hierba y no quedó ni una hoja.

—¡Be! —dijo el Chivo Chivón Pequeño—. ¡Tengo hambre!

—¡BEE! —dijo el Chivo Chivón Mediano—. ¡Tengo mucha hambre!

—¡BEE! ¡BEE! ¡BEE! —dijo el Chivo Chivón Grande—. ¡YO TAMBIÉN TENGO MUCHA HAMBRE!

—¿Qué haremos? —preguntó el Chivo Chivón Pequeño.

—¿Qué podemos hacer? —preguntó el Chivo Chivón Mediano.

—¡Yo sé lo que haremos! —dijo el Chivo Chivón Grande—. ¡Tenemos que atravesar el inestable y ruidoso puente e irnos a vivir al prado de hierba verde que hay al otro lado del arroyo!

El Chivo Chivón Pequeño fue el primero. Anduvo a saltitos por el prado vacío y pelado, y después, trip-trap, trip-trap, el Chivo Chivón Pequeño pasó por el inestable y ruidoso puente. De repente...

GRRRRRRRRRRRRRRR

un trasgo enorme y antipático apareció justo en el centro del puente.

—¿Qué es este trip-trap, trip-trap sobre mi puente? —rugió.

—¡Ay, señor Trasgo, por favor, no me meriende! —dijo el Chivo Chivón Pequeño—. Sólo soy un Chivo Chivón Pequeño, y soy muy chiquito. ¿Por qué no espera a mi hermano? ¡Es mucho más grande y sabroso que yo!

—De acuerdo —dijo el trasgo, después de rascarse las peludas orejas—. ¡Sigue tu camino!

Y el Chivo Chivón Pequeño huyó saltando y brincando por el inestable y ruidoso puente, camino del fantástico prado verde lleno de hierba al otro lado del arroyo.

El siguiente fue el Chivo Chivón Mediano que trotaba por el prado vacío y pelado. Poco después, trip-trap, trip-trap, el Chivo Chivón Mediano pasó por el inestable y ruidoso puente y de repente...

GRRRRRRRRRRRRR

... el enorme y feo trasgo apareció justo en la mitad del puente.

—¿Qué es este trip-trap, trip-trap sobre mi puente? —rugió.

¡Soy un trasgo loco de atar! ¡Voy a comerte para merendar!

—¡Ay, señor Trasgo! Por favor, no me meriende! —dijo el Chivo Chivón Mediano—. Sólo soy un Chivo Chivón Mediano, y soy muy pequeño. ¿Por qué no espera a mi hermano? ¡Es mucho más grande y sabroso que yo!

—De acuerdo —dijo el trasgo, después de frotarse la nariz llena de verrugas—. ¡Sigue tu camino!

Y el Chivo Chivón Mediano se marchó saltando y brincando por el inestable y ruidoso puente hacia el fantástico prado verde al otro lado del arroyo.

Entonces llegó el Chivo Chivón Grande. Pateó con fuerza el borde del prado vacío y pelado, y después, ¡TRAMP! ¡TRAMP! ¡TRAMP! avanzó por el inestable y ruidoso puente. De repente...

GRRRRRRRRRRR

el enorme y feo trasgo apareció justo en la mitad del puente.

—¿Qué es este tramp, tramp, tramp sobre mi puente? —rugió.

¡Soy un trasgo loco de atar! ¡Voy a comerte para merendar

—¡AH, NO, ESO SÍ QUE NO! —rugió el Chivo Chivón Grande. Bajó la cabeza, pateó el suelo y embistió. Empujó al trasgo y lo lanzó al arroyo con un gran

¡Chaaaaaf!

Y el Chivo Chivón Grande se fue tranquilamente por el inestable y ruidoso puente hacia la fantástica pradera verde donde sus hermanos lo esperaban. Los tres Chivos Chivones vivieron mucho tiempo en el prado y comieron y comieron y comieron hasta que... todos fueron tres enormes Chivos Chivones Grandes.

EL HOMBRE LOBO

Michael Rosen

C uidado! ¡Cuidado! ¡El hombre lobo se ha escapado —gritaba la gente que corría por la calle.

Y era verdad.

El hombre lobo se había escapado de su jaula y ahora iba rugiendo como un loco por toda la ciudad. La gente corría para esconderse en sus casas porque todos estaban aterrorizados.

En la calle, el hombre lobo rompía los adoquines, mordía los árboles de cabo a rabo y se comía las farolas.

Era un espectáculo realmente horrible.

—¡Envíen al ejército! —ordenó el Primer Ministro.

—Lo sentimos pero no podemos. Estamos demasiado asustados. —Ésa fue la respuesta del ejército.

La situación iba de mal en peor. El hombre lobo se dirigía hacia la calle Mayor. La gente observaba detrás de las cortinas y pensaba: «Por favor, por favor, por favor, no vengas a nuestra casa, hombre lobo».

Pero el hombre lobo seguía andando.

¿Adónde iba?

¿Al parque? ¿A la piscina? No.

Se dirigía a la casa donde vivía el jefe de la policía, que estaba dentro, muy asustado y escondido detrás de un sillón.

El hombre lobo seguía andando.

Cada vez estaba más cerca de la casa del jefe de la policía.

¡Patim! ¡Patam! ¡Patum! Sus fuertes pisadas hacían temblar el suelo.

—Por favor, por favor, por favor, vete, hombre lobo —suplicaba el jefe de la policía.

Pero el hombre lobo no se iba.

Llegó hasta la puerta del jardín de la casa del jefe de la policía.

¡Pom! La abrió de una patada.

¡Patim! ¡Patam! ¡Patum! Atravesó el jardín y se paró en la puerta de la casa.

—¡Socorro! ¡Socorro! ¡Socorro! —gritó el jefe de la policía desde el interior.

El hombre lobo se agachó despacio y miró por la ranura del buzón.

El jefe de la policía alzó la vista y vio los ojos del hombre lobo.

—¿Qué es lo que quieres hombre lobo? —gritó el jefe de la policía—. ¡Dímelo! ¿Qué quieres?

Hubo un momento de silencio.

Y entonces..., con una tímida vocecita, el hombre lobo dijo:

Puedo usar su lavabo?

LA BRUJITA

Margaret Mahy

La gran ciudad estaba a oscuras, incluso las luces de la calle estaban apagadas. Durante todo el día, la gente había ido arriba y abajo; los coches, los tranvías y los autobuses habían atravesado la ciudad sacudiéndola con un gran ajetreo. Pero ahora todos se habían ido a dormir, sólo el viento, las sombras y un gatito deambulaban por las anchas y silenciosas calles.

El gatito perseguía un trozo de papel, como si fuera un ratón. Lo tocó con las patas y lo lanzó detrás de un cubo de la basura. Rápido como una centella, saltó detrás de él pero enseguida lo olvidó porque había encontrado otra cosa.

—¿Qué es esto? —le preguntó al viento—. Mira, está durmiendo detrás del cubo de la basura. Nunca había visto algo así.

El viento hacía rodar las hojas de un periódico pero las dejó caer y fue a ver qué pasaba. Grandes y amenazadoras sombras se extendían por todas partes.

—¡Ah! —dijo el viento—. Es una bruja... Mira su escoba..., pero es una bruja muy pequeña.

El viento tenía razón. Era una bruja muy pequeña, una brujita.

La brujita escuchó al viento entre sueños y abrió los ojos. De repente se despertó.

Los pájaros observaban las calles desde muy arriba.

—¡Mirad! —dijeron las sombras a los gorriones que estaban en las cornisas—. Mirad esa brujita, es una brujita muy pequeña para estar tan sola.

—¡Quiero verla! —pió un gorrión recién nacido, medio dormido.

—¡A dormir! —dijo su mamá—. No has salido del huevo para mirar a las brujas toda la noche.

Y lo acurrucó bajo sus cálidas alas. Pero nadie acurrucaba a la brujita que tenía frío y vagaba por las grandes y vacías calles, arrastrando una escoba bastante más alta que ella. El gatito saltaba detrás de la escoba cuando se dio cuenta de algo...

—¡Viento! —gritó—. ¡Mira! ¡Por donde pasa la brujita queda un rastro de flores!

Y era verdad. La brujita tenía mucho poder mágico, pero no había aprendido a usarlo ni a esconderlo correctamente porque ni siquiera había aprendido a hablar.

Así que allí donde ponía los pies crecían campanillas, violetas, lirios del valle y diminutas rosas de color rosa y blanco..., por todas las calles, de un extremo al otro de la calzada...

De todas partes llegaban mariposas para bailar y beber en ellas.

—¿Qué es eso de ahí abajo? —preguntó una joven polilla.

—Es una brujita que ha hecho este fantástico banquete de colores para nosotras —contestó otra polilla, anciana y desaliñada.

El viento seguía soplando y hacía juegos malabares con las flores y sus dulces olores.

—Las esparciré por toda la ciudad —dijo el viento.

Mientras dormía la gente olía las flores y sonreía porque tenía sueños muy felices.

Ahora la brujita miraba hacia los altos edificios; las ventanas la miraban altivas, y sus cuadradas y puntiagudas formas parecían estar enfadadas. Ella las señaló con el dedo.

De repente, entre las grietas crecieron largas parras y verdes enredaderas. Lentamente se abrieron flores en ellas, grandes flores de color carmesí que parecían rosas y olían a miel.

La brujita se rió, pero enseguida se volvió a poner seria. ¡Estaba muy sola! Pero, cuando el gatito empezó a perseguirla y a juguetear con sus pies rosados y desnudos, la brujita se dio cuenta de que tenía un amigo. Arrastrando su escoba para que el gatito jugara, recorrió otras calles dejando un rastro de flores.

Luego la brujita se quedó parada en medio de una calle. Era muy pequeña y se había perdido, y estaba helada pues llevaba una ligera túnica azul e iba con los pies descalzos.

Entonces señaló la torre del reloj de la ciudad y la convirtió en un gran abeto, y la esfera del reloj se transformó en una blanca lechuza que la saludó y salió volando.

La lechuza voló tan rápido como el viento hasta un enorme y tenebroso castillo en lo alto de una colina. En una ventana, estaba una bruja muy delgada que parecía muy cansada.

—¿Dónde, dónde está mi brujita? Debo ir a buscarla otra vez.

—¡Uuuh! ¡uuuh! —gritó la lechuza—. Hay una brujita en la ciudad y lo está embrujando todo. ¿Qué dirá la gente mañana?

La mamá bruja, montada en su escoba, viajó por el cielo y por encima de la ciudad mirando impacientemente a través de las nubes. A lo lejos vio a la brujita que corría y se escondía en los portales porque el gato la perseguía.

La mamá bruja voló hacia abajo, cada vez más abajo, hasta el portal de una tienda. La brujita y el gato se pararon y la miraron.

—¡Mi niña! —dijo la bruja con su voz oscura y aterciopelada—. ¡Tú eres mi querida brujita... mi brujita perdida! —Y abrió los brazos y la brujita corrió a abrazarla. ¡Ya no estaba perdida!

La mamá bruja miró a su alrededor, vio la ciudad encantada y sonrió.

—La dejaré tal como está —dijo— para que mañana todos tengan una sorpresa.

Luego subió a la brujita en su escoba, y al gatito también, y todos juntos se fueron a su enorme castillo de ventanas tan negras como la noche, y vivieron allí felices para siempre.

Y al día siguiente, cuando la gente se despertó y fue a trabajar, la ciudad estaba llena de flores y de ecos de risas.

La lechuza
aprende a volar

Georgie Adams

La ratita Bollito era panadera. Cada día cargaba su pequeña camioneta con sabrosos y crujientes panes, pasteles y pastas, y los repartía entre las ratas que vivían en el Bosque de los Robles.

Una mañana de primavera, Bollito conducía por el Camino de las Curvas. Los árboles del Bosque de los Robles estaban repletos de hojas nuevas y los pájaros buscaban comida para sus crías. Cuando Bollito tomó una curva con su camioneta, vio algo en el camino.

Bollito hizo sonar el claxon, pero aquello no se movió, así que aparcó la camioneta y saltó afuera. Entonces descubrió una pequeña bola de plumas, y, mientras la observaba muy de cerca, dos grandes ojos se abrieron y parpadearon. ¡Era una lechuza muy joven que había caído de su nido!

—Soy Bollito —dijo la ratita.

—Yo soy Oli —dijo la pequeña lechuza.

—Pues, Oli —dijo con dulzura Bollito—, no puedes quedarte aquí. Ven conmigo. Yo te cuidaré.

Y Oli se fue a vivir con Bollito y se hicieron muy amigas.

Una tarde que hacía mucho viento y cuando Bollito había acabado de hornear, Oli empezó sus lecciones de vuelo. Primero tenía que aprender a despegar, así que Oli subió al techo de la camioneta mientras Bollito le iba dando instrucciones desde abajo.

¡Despierta, Oli! ¡No te duermas antes de que acabe la historia!

—Un, dos, tres... ¡Salta! —gritó Bollito—. ¡Ahora vuela! ¡Sigue volando!

Oli agitó sus alas, pero el viento soplaba en contra y aterrizó, dando una voltereta, a los pies de Bollito.

—¿Cómo lo he hecho? —preguntó Oli, aturdida.

—Ha sido un buen comienzo —contestó Bollito, pensativa, y desapareció dentro de su casa. Unos minutos después salió con un montón de cojines y los extendió sobre la hierba.

—Pruébalo otra vez —dijo—, y ve hacia ellos.

Oli se lanzó con valentía desde el techo de la camioneta. Esta vez, voló demasiado deprisa, se olvidó de los cojines y su pico chocó contra un árbol. Oli se hizo mucho daño.

—Nunca aprenderé a volar bien —lloriqueó Oli.

—¡Claro que aprenderás! —dijo Bollito abrazándola con cariño—. Sigue intentándolo y lo lograrás. Por cierto, tu aventura me recuerda una historia —dijo.

—¡Oooh! —dijo Oli secándose las lágrimas—. ¡Me encantan las historias!

Así que la lección de vuelo se suspendió y Bollito le explicó su historia...

«Un día, una Liebre encontró a una Tortuga de camino hacia una granja —empezó la ratita. Allí había un granero lleno de manzanas, y las dos esperaban darse un gran banquete.

Por el camino, la Liebre presumía de lo rápido que podía correr y se reía de la lentitud de la Tortuga.

—¡Incluso dudo que puedas llegar a la granja! —dijo la Liebre.

—Lenta y segura, así soy yo —dijo la Tortuga—. Ya verás, estoy convencida de que, si hacemos una carrera, te ganaré.

—¡Ganarme a mí! —dijo la Liebre estallando en risas—. De acuerdo. Preparadas..., listas..., ¡Ya!

Y los dos animales empezaron la carrera, cada uno a su ritmo. La Liebre empezó a dar saltos por el camino y dejó muy atrás a la Tortuga, que iba pasito a pasito.

El día era cálido y soleado, y, muy pronto, la Liebre empezó a sentir sueño. Miró hacia atrás y vio que la Tortuga estaba muy lejos.

"¡Vieja perezosa! —pensó para sí la Liebre—. Tengo tiempo de sobra para una siesta."

Y se tumbó bajo un árbol y se durmió.

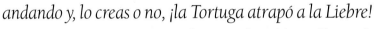

Mientras tanto, la Tortuga iba haciendo su trayecto despacito, pero segura. El sol ardía sobre su caparazón, pero ella no se paró ni un minuto. Siguió andando y, lo creas o no, ¡la Tortuga atrapó a la Liebre!

La Liebre estaba soñando con el granero lleno de manzanas. Y mientras soñaba..., la Tortuga pasó lentamente por allí. Cuando la Liebre se despertó, no se veía a la Tortuga por ningún lado.

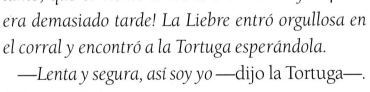

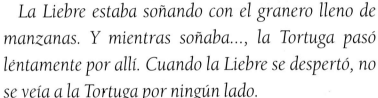

Bueno, ¡tendrías que haberla visto! La Liebre corrió tan rápido como sus largas patas podían, tanto, que el viento le silbaba en las orejas. ¡Pero era demasiado tarde! La Liebre entró orgullosa en el corral y encontró a la Tortuga esperándola.

—Lenta y segura, así soy yo —dijo la Tortuga—. ¡Y he ganado la carrera!»

—Y éste —dijo Bollito— es el final de la historia.

—¡Qué historia más bonita! —dijo Oli—. Nunca pensé que la Tortuga pudiera ganar.

—Es asombroso lo que puedes hacer si eres perseverante —dijo Bollito—. Y, hablando de perseverar..., ¿qué tal si empezamos otra lección de vuelo?

—¡Tú, mírame! —dijo Oli.

Y, esa tarde, antes de irse a dormir... ¡Oli había aprendido a volar!

—¡Sabía que podías hacerlo! —dijo Bollito mientras arropaba a Oli en la cama por la noche.

—Mañana volaré hasta el Gran Roble —dijo Oli, medio dormida.

—¡Espero que regreses! —dijo Bollito.

Pero no hubo respuesta de la pequeña lechuza porque... ¡Oli se había quedado profundamente dormida!

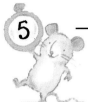

PORKY DA UN PASEO EN TREN

Pam Ayres

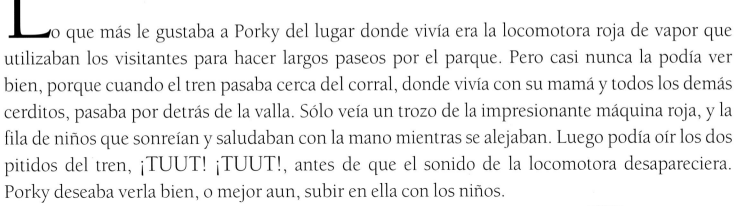

Lo que más le gustaba a Porky del lugar donde vivía era la locomotora roja de vapor que utilizaban los visitantes para hacer largos paseos por el parque. Pero casi nunca la podía ver bien, porque cuando el tren pasaba cerca del corral, donde vivía con su mamá y todos los demás cerditos, pasaba por detrás de la valla. Sólo veía un trozo de la impresionante máquina roja, y la fila de niños que sonreían y saludaban con la mano mientras se alejaban. Luego podía oír los dos pitidos del tren, ¡TUUT! ¡TUUT!, antes de que el sonido de la locomotora desapareciera. Porky deseaba verla bien, o mejor aun, subir en ella con los niños.

Una tarde, Porky estaba intranquilo. Su madre y todos sus hermanos y hermanas se habían ido a dormir apelotonados bajo el sol. Porky no estaba cansado y se preguntaba qué podía hacer cuando oyó unos pasos. Era Jacob, el corderito blanco con manchas marrones.

—Hola —dijo a Porky—. ¿Vienes a dar un paseo?

¡Eso es lo que Porky quería! Se lo dijo a su mamá y saltó la valla de la pocilga. Él y Jacob trotaron fuera de la granja para ver qué encontraban. Primero pasearon a lo largo de un riachuelo poco profundo. Unos patos blancos y gordos chapoteaban y jugaban en el agua. Luego subieron al puente. Asomados a la barandilla vieron peces en el agua que estaban totalmente quietos, excepto cuando daban pequeños coletazos.

—Tengo hambre —dijo Porky.

—Yo también —afirmó Jacob.

A lo lejos, en lo alto de la ladera, vieron unas vacas de color rojizo y largos cuernos.

—Vayamos y preguntemos a las vacas si nos quieren dar un poco de su comida —propuso Jacob. Así que dio un brinco en el aire y trotó hacia ellas, volando sobre sus negras pezuñas.

Porky empezaba a sentirse cansado. Le dolían las patas y deseó tenerlas fuertes y largas como las de Jacob en vez de sus cortas y débiles patitas rosas. Subió despacio la cuesta hacia la colina donde estaban las vacas.

—Bueno, de acuerdo —dijo cabeceando una de las vacas—, tú y tu amigo podéis tomar un poco de nuestro almuerzo. Hoy hay nueces para vacas, como casi todos los días. Mira, están ahí, en el gran comedero blanco.

—Gracias —dijeron a coro Jacob y Porky, masticando ya, muy contentos—. Muchas gracias.

Después del almuerzo Jacob corrió por el prado y saltó por encima de Porky varias veces. El cerdito estaba sentado detrás de una valla blanca y miraba con tristeza hacia la granja donde los niños jugaban. Su hogar, en la agradable pocilga, se veía a lo lejos, al final de la colina, después del puente y más allá del riachuelo. Jacob parecía tener una energía inagotable. Porky se sintió muy abatido y pesimista y creía que se habían ido demasiado lejos. Estaba cansado de trotar y quería estar con su mamá.

¡Tuut! ¡tuut! ¡TUUT! ¡TUUT! Porky se levantó. ¿Qué era eso?

¡TUUT! ¡TUUT! ¡Porky conocía ese sonido! ¡Era el tren de vapor! De repente apareció, traqueteando alegremente por la vía, al otro lado de la valla blanca. Se veía imponente, con su máquina roja y su gran humareda de vapor ondulando por la chimenea. Entonces los frenos empezaron a chirriar y el pequeño tren se detuvo envuelto en humo. Todos los niños miraban hacia adelante cuando el conductor les anunció:

—Éstas son las vacas de las tierras altas de Escocia —dijo—. ¿Veis qué cuernos tan largos tienen?

Porky tuvo una magnífica idea. ¡Claro! El tren de vapor pasaba junto a su casa!

—¡Vamos, Jacob! —gritó Porky, excitado, y los dos saltaron la valla blanca de madera y se acomodaron en uno de los asientos de piel roja. ¡Porky estaba encantado! ¡Por fin, iba a dar una vuelta en el tren de vapor!

¡Pasajeros, al tren! ¡Regresamos a la granja! —gritó el conductor—. Agarraos fuerte.

Y allí iban todos, ¡TUUT! ¡TUUT! ¡TUUT! ¡TUUT!, con Porky y Jacob en el último asiento, mirando muy alegres, y disfrutando, por fin, del paseo en tren de vuelta a casa.

Por fin, Porky ha realizado su sueño de pasear en el tren de vapor.

Tobías
y la sirena

Shirley Isherwood

Había una vez un tímido y solitario pescador, llamado Tim, que vivía con su gato *Tobías* en un pueblecito frente al mar. Ninguno de los dos tenía otros amigos. Tim era tan tímido que le costaba decir «Buenos días» cuando saludaba, y en el pueblo no había más gatos que *Tobías*.

Tim tenía una flauta hecha de un hueso de ballena que había encontrado en la playa, hacía muchos años. La música que tocaba con su flauta era muy hermosa; a veces, era triste y suave, otras veces, era tan salvaje como el viento, y otras, era alegre.

La gente del pueblo decía que Tim hablaba a través de su música.

Cada noche, cuando el mar estaba en calma, Tim se llevaba a *Tobías* en la barca de pesca. Si el mar estaba furioso, Tim le decía que se quedara a salvo y calentito en su cesta.

La cesta de *Tobías* era de mimbre. Era muy vieja y crujía con un sonido agradable cuando él se movía entre sueños. Dentro de la cesta había una colcha pequeña y suave, que el pescador había cosido con grandes puntadas y muchos nudos al final del hilo para evitar que las puntadas se deshicieran.

Era un lugar maravilloso para dormir, pero en vez de quedarse a salvo en su cesta cuando el mar estaba revuelto, *Tobías* salía de la cocina sigilosamente por la gatera. La gente del pueblo lo veía por las calles, silencioso como una sombra.

Tobías iba hasta la punta del acantilado y se quedaba allí toda la noche esperando que la barca del marinero, *Ariel,* volviera a puerto.

A menudo, al alba, el mar quedaba en calma, y *Tobías* podía oír al pescador que tocaba la flauta. El gato cantaba siguiendo la música mientras estaba sentado en el acantilado. Nunca había cantado bien, pero lo hacía con mucho cariño.

Una mañana temprano, cuando Tim regresaba a casa, y *Tobías* cantaba en lo alto del acantilado, oyeron una voz que no habían oído nunca. Una voz tan hermosa como la voz de un pájaro o la de un ángel. Incluso la oyeron las ratas que vivían entre las barcas varadas en la playa y se quedaron tan quietas como ratas de piedra, que tan sólo movían las puntas de sus bigotes.

La noche siguiente, cuando Tim y *Tobías* salieron al mar, Tim tocó otra vez la flauta de hueso de ballena, y una vez más se escuchó el maravilloso canto. Al mirar hacia las aguas oscuras, Tim y *Tobías* vieron una sirena nadando junto a la barca. Sus largos y hermosos cabellos flotaban tras ella, y la cola le brillaba como la plata entre las apacibles olas.

La sirena cantaba siguiendo la música de la flauta, pero cuando Tim condujo su barca hacia la playa, ella giró con un poderoso movimiento de su cola y desapareció en las profundidades del mar.

Esa noche, mientras Tim y *Tobías* descansaban en su casa, Tim dijo:

—Si nos pudiéramos quedar siempre con la sirena, sería nuestra amiga. Cada día tocaría mi flauta de hueso de ballena para ella, y cada día podríamos oír su maravillosa voz.

Así que cogió una de sus redes y la colocó en un lugar en el que las rocas formaban un estanque natural. Entonces se hizo al mar con su barca llevando a *Tobías* sentado a proa.

En cuanto se alejaron un poco, Tim cogió la flauta y empezó a tocar. Enseguida se oyó la voz de la sirena, que apareció en la superficie del agua y se puso a nadar junto a la barca.

Tim puso rumbo hacia su casa, y la sirena los siguió. Cuando la barca llegó a las rocas que escondían el estanque, la sirena se sumergió, pero Tim cogió su red y la colgó entre las rocas de tal manera que, una vez dentro del estanque, la sirena no pudo regresar al mar.

Aquella noche, *Tobías* no oía el agradable sonido del crujir del mimbre cuando daba vueltas dentro de su cesta. Sólo oía la triste voz de la sirena que cantaba mientras nadaba en su prisión. La voz no era muy sonora, pero se podía oír en todos los rincones de la casa.

También le llegaba el sonido de los muelles de la cama que chirriaban cuando Tim se daba la vuelta. *Tobías* saltó de su cesta, subió al dormitorio y le dio una palmadita suave en la mejilla.

Tim se levantó, fue a la cocina, se puso sus grandes botas de agua y metió la flauta de hueso de ballena en su bolsillo. Luego, él y *Tobías* se fueron hacia la playa.

Cuando llegaron, a *Tobías* le pareció oír el llanto de un niño, pero allí, en la playa iluminada por la luna, sólo había restos marinos, algas y animalillos del mar que se habían quedado en los charcos de la playa, brillantes como espejos.

Cuando llegaron al estanque, Tim se sentó en una roca y empezó a tocar pero la sirena no cantó siguiendo la música de la flauta. Estaba agarrada a la red con unos dedos largos y blan-

cos, y miraba fijamente a Tim y a *Tobías* con unos enormes ojos negros. *Tobías* pensó que era muy bonita y que la quería mucho.

Al cabo de un rato, Tim se guardó la flauta en el bolsillo, y él y *Tobías* regresaron a casa. Entonces oyeron que la sirena cantaba una melodía que parecía una canción de cuna, y en las pausas de la música, *Tobías* oyó una voz infantil que decía llorando:

—¡Mamá! ¡Mamá!

Aquella noche, cuando Tim salió con su barca, *Tobías* se quedó en el acantilado, aunque el mar estaba en calma. Cuando *Ariel* se perdió de vista, él empezó a cantar una canción de gatos, y después la música de la flauta y la triste canción de la sirena atrapada en la red.

Debajo de *Tobías* estaban los restos de un barco hundido, y, enseguida, el gato que vivía allí subió al acantilado y se puso a cantar con *Tobías*.

Mientras los gatos cantaban su dueto, las ratas salieron de sus escondites, y *Tobías* las contempló mientras subían al acantilado. Se sentaron a una prudente distancia, y él vio cómo agitaban sus bigotes y sus naricitas.

Las ratas escucharon la canción un rato, y después dieron media vuelta y bajaron corriendo del acantilado hasta donde estaba la red entre las rocas. *Tobías* y el gato del barco hundido fueron con ellas. Gatos y ratas se sentaron en las rocas y cantaron esta canción:

—¡Vamos a liberar a la sirena! ¡Vamos a roer la red!

Desde la red, la sirena le cantaba a su hija, y la pequeña sirenita le contestaba.

Lejos, casi en el horizonte, las ballenas oyeron las canciones y también ellas empezaron a cantar.

La música inundó las calles de la ciudad y entró por las ventanas abiertas de los dormitorios. La gente del pueblo que dormía oyó las canciones entre sueños.

Tim oyó la música mientras pescaba en su barca.

Al escuchar la canción se dio cuenta de lo cruel que sería mantener a la sirena alejada del mar y de su hija.

«Cuando vuelva la dejaré libre», pensó.

En las rocas, las ratas y los gatos empezaron a roer la red. La sirena descansaba en el agua y los observaba. De vez en cuando cantaba una estrofa de la canción a su hija, y su hija le contestaba.

Por fin, la pesada red se rompió y la sirena nadó hacia el mar. *Tobías* miraba cómo se alejaba. Era tan bonita y él la quería tanto que decidió que viviría con ella bajo el mar el resto de su vida.

Se metió bajo las olas, tras la cola plateada de la sirena, cada vez más hondo. Vio peces y plantas marinas, y a la sirenita que nadaba hacia su madre, pero *Tobías* no podía respirar, y entonces se dio cuenta de que los gatos no pueden vivir bajo el agua. Subió a la superficie, saltó sobre una boya y esperó. Poco después, divisó a *Ariel* que volvía a casa y oyó la música de la flauta, pero aunque gritó y gritó, Tim no lo oyó.

Cuando Tim legó a la playa vio que la red flotaba en el estanque y que la sirena no estaba. Buscó a *Tobías* por todas partes y no lo encontró. El único rastro del gato eran las huellas de sus patas en las rocas.

«No sólo he perdido a la sirena sino también a mi querido gato», pensó, y se fue hacia su casa muy triste.

Por la noche, cuando salió al mar, oyó el tintineo de una campana, y cuando se acercó navegando vio a la sirena y a su hijita que balanceaban la boya adelante y atrás, y también vio la silueta de *Tobías* sentado sobre la boya.

—¡*Tobías*! —gritó, y su gato saltó a cubierta de golpe.

La sirena y su sirenita se sumergieron entre las olas.

—¡Espera! —gritó Tim—, y le lanzó la flauta de hueso de ballena. Mientras se hundía, la flauta tocaba sola. Luego, cuando él y *Tobías* pusieron rumbo a casa, oyeron otra vez la música que Tim había tocado tantas veces.

Escucharon también la canción que el gato del barco hundido había cantado en el acantilado, y la canción de las ratas.

Oyeron la canción de las ballenas que venía de muy lejos, y la canción de la gente del pueblo que estaba en la playa, pues se habían levantado de la cama para oír aquel hermoso sonido y cantaban para dar la bienvenida al pescador y a su gato.

Al ver esto, Tim y *Tobías* pensaron que siempre habían tenido buenos amigos.

Cuando bajaron de *Ariel,* los gatos llegaron corriendo desde el acantilado para saludar a *Tobías*, y Tim saludó con la mano a la gente del pueblo y les gritó:

—¡Buenos días!

Y mientras los dos caminaban muy juntos por la playa, encontraron, sobre la arena, un blanquísimo hueso de ballena, justo el que necesitaban para hacer otra flauta.

¡AL AGUA, ALFI!

Willy Smax

Mike Mecánico estaba en el Garaje de los Chapucillas y llevaba un bidón de aceite de gran calidad para el motor.

—Mmm, Mmm —dijo Beny, la grúa—. Mi favorito.

—Lo siento, Beny, pero no es para ti —dijo Mike—. Es para el Rolls Royce. Ha venido para que se lo pongamos.

—Nunca tengo suerte —gruñó Beny.

—Esto te pasa porque eres una sucia y vieja grúa —dijo Francis Ford Popular—. El aceite más caro sólo es para los coches de primera como el Rolls Royce y yo.

—Si tú eres de primera, yo soy una silla de ruedas —dijo Beny.

—¡Eh, vosotros dos, ya está bien! —dijo Mike—. ¡A trabajar! Beny, tenemos que ir a comprar una rueda de repuesto para el Rolls.

Y se fueron a la tienda de ruedas de recambio.

—¡Oh, oh! —dijo Mike mirando por el retrovisor—. Mira quién nos sigue.

Era Alfi, el coche de carreras, que los deslumbraba con sus faros para adelantarlos.

—Vas demasiado deprisa —dijo Beny cuando se pararon juntos en un cruce.

—¡Anda, cállate! —dijo Alfi—. Tengo prisa. Voy a buscar un atajo.

El semáforo cambió y Alfi salió disparado por un hueco entre los coches. Casi estuvo a punto de provocar un accidente.

—¡Eh! ¡No vayas por ahí! —gritó Beny—. Hay un...

Alfi no se paró a escucharlo y bajó a tal velocidad por una calle equivocada que no vio que se dirigía directamente al canal.

Con un gran ¡CHOOF!, Alfi se zambulló en el agua.

—¡Socorro! ¡Socorro! —gritó—. ¡Me hundo!

—¡Oh, no! —dijo Mike—. ¡Alfi se ha caído en el canal!

47

Beny tuvo una idea genial. Avanzó volando por la calle, giró hacia el puente y dio marcha atrás hasta la barandilla. Hizo descender su enorme gancho hasta que atrapó el parachoques de Alfi, y lo alzó en el aire chorreando agua por todas partes.

Se había reunido mucha gente y todos aplaudieron cuando Beny levantó a Alfi por encima de la barandilla. Después Beny, orgullosa, remolcó a Alfi hasta casa.

De vuelta al garaje, Mike limpió el carburador de Alfi y le recargó la batería. Al acabar la jornada, Alfi estaba perfecto.

—Siento haber sido maleducado contigo, Beny —dijo Alfi—. Gracias por salvarme la vida.

—No importa —dijo Beny—. Es mi trabajo.

—Beny, creo que te mereces un premio —dijo Mike mientras cogía el gran bidón de aceite. Y poco a poco echó el espeso líquido dorado en el motor de Beny.

Francis Ford Popular no podía creer lo que veían sus faros al descubrir a Beny bebiéndose el aceite favorito del Rolls Royce.

—¡Pero si esto es sólo para los coches de primera como yo y el Rolls! —dijo.

—Para los coches de primera y para los héroes —dijo Alfi.

—Así es —dijo Mike recogiéndolo todo para irse a su casa—. ¡Buenas noches, Beny! ¡Buenas noches, Alfi! —Y echó un vistazo a Francis—. Buenas noches a ti también... ¡alteza real!

ACEITE

¡Beny ha estado genial y se ha merecido un buen trago del mejor aceite!

Una noche os atraparé

Joy Haney

Una noche, Jane se despertó a las doce.

Había oído un leve susurro a su alrededor. Abrió los ojos deprisa... pero fue demasiado tarde; allí estaban sus muñecos, haciendo ver que no habían dicho ni una palabra, que no habían dicho ni mu.

Jane dijo:

*Una noche de éstas os atraparé
Os veré con mis ojitos.
Os he oído cuchichear
¡y sé que estáis vivos!*

—¡Jane, son más de las doce y aún estás despierta! —gritó su mamá desde el piso de abajo.

—Me han despertado los muñecos —le contestó ella.

—¡Debes de haberlo soñado! —dijo su mamá.

La noche siguiente, a las doce, Jane los oyó hablar. Escuchó chillidos, gruñidos y voces que canturreaban. Abrió rápidamente los ojos... pero fue demasiado tarde; allí estaban ellos haciendo ver que no habían dicho ni una palabra, que no habían dicho ni mu.

Jane dijo:

¡La próxima vez os atraparé!
¡Os veré con mis ojitos!
Os he oído cuchichear
y os he oído hablar.
Sé que sois vosotros
¡y estáis disimulando!

PATIM, PATAM, los pasos de su mamá se detuvieron al pie de la escalera.

—¡Jane! ¡Te estoy oyendo hablar! —gritó.

—¡No soy yo! —contestó Jane.

—¡Ponte a dormir! —le ordenó su mamá.

La noche siguiente, a las doce, Jane estaba al acecho pero se durmió justo en el momento en que sus muñecos empezaron a reírse. Abrió los ojos rápidamente... pero fue demasiado tarde; allí estaban ellos, haciendo ver que nadie se había reído, ni una risita.

Jane dijo:

¡Ooooh, os atraparé!
¡Os veré con mis ojitos!
Os he oído cuchichear,
os he oído hablar,
os he oído reír...
¡La próxima vez os atraparé!

PATIM, PATAM, PATUM, su mamá estaba subiendo la escalera.

—¿Cómo puede ser que una niña tan pequeña haga tanto RUIDO? —le dijo de mal humor.

—¡Han sido mis juguetes! —gritó Jane.

—¡Un ruido más y me voy a enfadar de verdad! —le dijo su mamá.

La noche siguiente, a las doce, Jane pensó que estaba soñando y en el sueño oía muchas voces divertidas que cantaban. Entonces supo que eran sus juguetes. Abrió rápidamente los ojos... pero fue demasiado tarde; allí estaban ellos, haciendo ver que nadie había cantado ni una canción, ni una, ni una.

Jane dijo:

¡De verdad que una noche de éstas os atraparé!
¡Os veré con mis ojitos!
Os he oído cuchichear,
os he oído hablar,
os he oído reír,
os he oído cantar.
¡La próxima vez os atraparé!

PATIM, PATAM, PATUM, mamá subió la escalera corriendo.

—¡Qué jaleo! ¡Esto va de mal en peor! —gritó, muy enfadada.

—¡Mis juguetes ESTABAN CANTANDO! —chilló Jane.

—¡Silencio! ¡Y por favor, vete a dormir! —gritó su mamá.

La noche siguiente, a las doce, Jane estaba despierta pero, muy inteligentemente, hacía ver que estaba dormida. Roncaba muy fuerte, y, cuando los juguetes empezaron a reír, ella abrió los ojos enseguida y... *¡no fue demasiado tarde!*

—¡AJÁ! ¡OS HE VISTO! ¡OS HE VISTO CON MIS OJOS! —les gritó.

Los juguetes la miraron sorprendidos, después todos se rieron y se pusieron a jugar.

—¡Juguemos a saltar sobre la cama! ¿Podéis saltar así de alto? ¿O así? —dijo la niña.

¡Ellos saltaron cada vez más alto y se reían cada vez más fuerte!

PATIM, PATAM, PATUM, la mamá de Jane subió la escalera como un bólido.

—¡NO LO PUEDO CREER! ¿CÓMO PUEDE SER QUE UNA NIÑA PEQUEÑA HAGA TANTO RUIDO COMO UN CHIMPANCÉ SALTANDO O UN PAPAGAYO CANTANDO? ¡BASTA! —gritó.

Abrió la puerta de golpe... pero fue demasiado tarde. Jane y los juguetes estaban acostados haciendo ver que jamás habían saltado ni reído ni hablado ni cuchicheado. Jamás de los jamases.

Una noche, a las doce, Jane tuvo una pesadilla y llamó a su mamá para que la consolara.

—¡Oooh, pobre Jane!, me quedaré aquí a tu lado mientras vuelves a dormirte —dijo su mamá.

Luego puso todos sus muñecos alrededor de ella haciendo un nido, el osito a los pies, el mono en la cabeza, y todos los demás entre los brazos y las piernas.

—Que duermas bien, Jane —le dijo al irse.

—Que tengas dulces sueños —le susurraron los juguetes cuando la mamá se hubo marchado.

LA EXTRAÑA FIESTA DE CUMPLEAÑOS

Margaret Mahy

El cumpleaños de Marc sería dentro de dos días pero a él no le hacía ilusión.

Su madre le había hecho un magnífico pastel, redondo, marrón y lleno de nueces, pasas y cerezas. Los globos y sombreros de papel estaban escondidos en un armario alto, junto con las adornos navideños y antiguos álbumes de fotografías. Pero a Marc no le hacía ilusión.

Dentro de dos días sería su cumpleaños y él tenía sarampión.

Todos tenían sarampión.

—Nos estamos contagiando el sarampión— dijo Sara, la hermana pequeña de Marc.

Jon, el de las orejas de soplillo, tenía sarampión.

Los vecinos gemelos, Jaime y Gerardo, tenían sarampión. Tenían el mismo pelo castaño, los mismos ojos rosados, y ahora los dos tenían los mismos granos rosados.

El amigo de Marc, al que llamaban Ratón, tenía sarampión. Ratón era tan pecoso que todo el mundo se sorprendía de que el sarampión hubiera encontrado espacio.

¿Has pasado el sarampión?

—Ratón debe de estar más lleno de granos que yo— dijo Marc.

—Ratón debe de estar más lleno de granos que nadie— contestó Sara—. Es un extraño ratón a lunares.

—Para mí es peor —dijo Marc—. Nadie puede celebrar su cumpleaños si está lleno de granos.

—Nadie podrá venir —dijo Sara—. ¿Te encuentras mal, Marc?

—Me encuentro un poco mal— contestó Marc—. Incluso si pudiera organizarse una fiesta, no creo que la quisiera.

—Eso es lo peor —dijo Sara—. Ni siquiera desear el cumpleaños es lo peor de todo.

Dos días después, cuando por fin llegó el cumpleaños, Marc ya no se encontraba mal. Solamente estaba lleno de granos.

Abrió los regalos a la hora del desayuno.

Su padre y su madre le regalaron una cámara. Era pequeña pero hacía fotografías de verdad. Sara le regaló una caja de pinturas. (Siempre le regalaba una, y cuando Marc tenía una caja de pinturas nueva, le daba la vieja a Sara.)

Estuvieron pintando toda la mañana.

—¡Qué día tan extraño! —dijo Marc—. No parece un día de cumpleaños, no es nada especial.

Sara había pintado una clase llena de niños, y ahora les estaba poniendo granitos en la cara.

La comida fue sencilla y saludable.

Por la tarde, la madre de Marc empezó a cepillarlo por todas partes. Le cepilló el cabello, le cepilló la bata, aunque era nueva y no necesitaba que la cepillaran, y le cepilló las zapatillas.

—Saldremos a dar un paseo de cumpleaños —le dijo—. Las ventanas del coche no dejarán salir al sarampión.

Condujeron hasta el campo y subieron a una colina que Marc conocía.

—Allí está la casa de Peter —dijo Marc—. Peter, el de la colina, también tiene sarampión.

—Vamos a verlo un momentito —dijo la madre de Marc—. Si ya tiene el sarampión, tú no lo puedes contagiar.

La puerta principal estaba abierta. Llamaron al timbre y entraron. ¡Entonces Marc tuvo una auténtica sorpresa! La habitación estaba llena de gente. Los niños llevaban bata y todos tenían granitos. ¡Eran niños con SARAMPIÓN!

—¡Cumpleaños feliz! ¡Cumpleaños feliz! —gritaban.

Allí estaba Jon, con sus orejas de soplillo en cuyos bordes todavía había granitos. Allí estaban los gemelos, Jaime y Gerardo, a quienes el sarampión les hacía parecerse aun más. Allí estaba Ratón, de quien no se sabía dónde acababan las pecas y empezaba el sarampión. Allí estaba Peter, el de la colina, con su bata rosa, y el otro Peter, el de la tienda de al lado, con una de color verdeazulado.

—¡Cumpleaños feliz! ¡Cumpleaños feliz! —gritaban todos.

—Es una fiesta de niños con sarampión —explicó la madre de Marc—. Había tantos niños que lo tenían que decidimos hacer una fiesta de sarampión para tu cumpleaños.

—¿Me habéis traído mi pastel? —preguntó Marc.

—Está en una caja metálica, en la parte de atrás del coche —dijo su madre—. No me puedo olvidar de algo tan importante.

Fue una fiesta muy divertida, todos con granitos de sarampión. Y, además, todos los invitados, menos Sara, llevaban bata.

Jugaron a «Pintar granitos a un elefante», y también a «Las sillas con sarampión» (que es igual que el de «Las sillas musicales» pero los jugadores han de tener el sarampión).

Sara encontró un trozo de tiza azul y se dibujó granitos por toda la cara.

—Tengo el sarampión azul —dijo—. Mis granitos son muy extraños. (No le gustaba ser la única que no tuviera granitos en la cara.)

Entonces empezó la cena de cumpleaños. Había espaguetis y albóndigas, macedonia de frutas, helados y vasos de zumo de naranja. La macedonia de frutas era de fresas y uvas.

Después, la madre de Marc trajo el pastel que había hecho. Estaba decorado con nata y todo él salpicado con manchas rosadas.

¡El pastel tiene sarampión! —gritó Marc.

Marc pensó que era el pastel más divertido y más bonito que jamás había visto. ¡El sarampión le daba un sabor delicioso! ¡Un pastel con sarampión para una fiesta de sarampión! ¡Un pastel con manchas para una fiesta muy original!

—Creo que no voy a comer pastel —dijo Sara—. No me encuentro bien. Tengo mucho calor.

—¡Vaya! —dijo la madre de Marc—. Me parece que ya sé lo que te pasa.

—Seguramente estás cogiendo el sarampión —dijo Marc—. Tal vez tú también tendrás una fiesta de sarampión.

—Ya pensaremos algo diferente para Sara —dijo su madre—. Ahora debemos irnos todos a casa.

—¿Puedo tener una fiesta de sarampión yo también? —pidió Sara—. ¡Yo también quiero una!

—Las fiestas de sarampión son como los cometas —dijo la madre de Marc—. Tienes suerte si puedes ver una en veinte años.

Entonces, llevó a Marc y a Sara a casa, y Marc pensó que merecía la pena coger el sarampión cerca del cumpleaños si acababa en una fiesta de sarampión.

Al fin y al cabo, pocos niños han celebrado una fiesta así.

EL DOCTOR CHON
Y LA JIRAFA

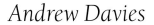

Andrew Davies

Mi amigo el Doctor Chon, el veterinario, vive en una casa muy grande, tal vez demasiado, llena de animales: perros, gatos, lagartos, cabras y muchos más. El doctor Chon no es el hombre más inteligente del mundo, pero hace lo que puede. Bueno pues, ésta es la historia de Chon y la jirafa enferma.

Una mañana, bastante tarde, el Doctor Chon estaba descansando en la cama con algunos perros y hámsters, cuando sonó el teléfono.

—Chon al habla —dijo Chon—. ¿Qué desea?

—Aaaao ee schoo —se oyó por el teléfono.

—No entiendo lo que dice —contestó Chon.

Tenía el estetoscopio en las orejas. Siempre lo llevaba ahí porque era un lugar seguro. Se lo sacó y se lo dio a un perro para que lo aguantara.

—Llamo del zoo —dijo la voz—. Tenemos una jirafa enferma.

—¿Dónde le duele? —preguntó Chon.

—En el cuello —respondió la voz.

59

—¡Pobrecita! —se compadeció Chon—. Me lo temía.

—¿Podría ayudarnos?

—Bueno, lo intentaré —dijo Chon, y colgó el teléfono.

—Venga, chicos —dijo Chon a los perros—. Nos vamos al zoo.

—¡Guau! ¡Guau! ¡Guau! —gritaron los perros.

Y todos bajaron y fueron a buscar el coche deportivo rojo del Doctor Chon y se metieron dentro. Tres de los perros se sentaron en las rodillas de Chon.

—Apartaos chicos —dijo Chon—. No seáis perritos falderos.

Y arrancaron. Chon condujo muy rápido porque era una emergencia.

Por el camino tuvo una idea. Como no era tonto y nunca había tratado a una jirafa, pensó que podría ensayar con una farola. Así que aparcó el coche junto a una de las farolas más altas de la ciudad.

—Vamos a ver —dijo Chon.

Tomó carrerilla y con tres saltos consiguió llegar arriba.

—¡Qué fácil! —dijo el Doctor—. Fantástico, ¿eh, chicos?

Pero cuando miró hacia abajo, a los perros que estaban en el coche, le pareció que estaban muy lejos y empezó a sentir miedo, y se agarró muy fuerte a la farola.

—¡Guau! ¡Guau! ¡Guau! —gritaron los perros.

Querían que bajara, pero él no sabía cómo hacerlo.

En ese momento, llegó un policía.

—¿Qué hace usted subido ahí arriba? —dijo.

—Me entreno —dijo Chon—. Esta mañana tengo que subir a una jirafa.

—¡No me venga con historias! —dijo el policía—. ¡Baje ahora mismo!

—No puedo —dijo Chon—. Tengo mucho miedo.

Entonces el policía fue a buscar a los bomberos que llegaron enseguida con su coche rojo.

—Pensaba que no llegarían nunca —dijo Chon.

Los bomberos desplegaron la gran escalera, y Chon puso un pie con mucho cuidado.

—Muchas gracias —dijo—. Pero voy a proponerles algo. ¿Podrían llevarme al zoológico?

—¡Claro que sí! —dijeron los bomberos, que aquella mañana no tenían nada mejor que hacer.

Así que los perros subieron al coche de bomberos y todos se dirigieron hacia el zoo, con Chon sentado en lo alto de la escalera.

«Esto es vida», pensó Chon mientras atravesaban la ciudad a toda velocidad haciendo sonar la sirena a tope.

Cuando llegaron al zoo se detuvieron justo al lado de la jirafa, que ahora se encontraba peor y estaba bastante enfadada. Pero Chon sacó su botella de linimento (en la etiqueta ponía: FRIEGAS PARA EL CUELLO DE DOBLE EFECTO DEL DOCTOR CHON) y le hizo un masaje a la jirafa en el cuello.

—¡Ohhh! —dijo la jirafa, poco después.

—Ahora ya está mejor —dijo Chon.

—Muchas gracias —dijo el encargado del zoo.

—Muy bien, viejo Chon —dijeron los bomberos.

—¡Guau! ¡Guau! ¡Guau! —dijeron los perros.

—¡No hay de qué! —contestó Chon—. ¿Alguien quiere venir a mi casa a tomar algo?

Todos se metieron en el coche de bomberos y regresaron a casa del Doctor Chon. Tomaron limonada y cada uno comió tres galletas del gran pote de galletas del Doctor Chon.

Todos tomaron tres, menos Chon.

Chon tomó cinco galletas porque pensó que se las merecía después de esa mañana tan atareada.

LOS ZAPATOS NUEVOS DE ORTI

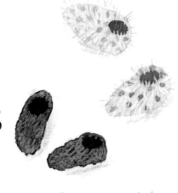

Lynda Britnell

Orti Siempreviva era un hada.

Pero Orti no era un hada normal porque era más alta que las otras hadas y tenía el pelo más puntiagudo; la verdad es que parecía un erizo. Sus pies también eran más grandes que los de un hada normal. ¡Eran tres veces más grandes! Y eso sí que era un problema porque ninguna zapatería tenía el número de Orti. Todos los zapatos que se probaba eran demasiado pequeños.

«Voy a hacer mis propios zapatos», pensó Orti, decidida.

Así que un día, fue al bosque de las hadas con una gran cesta y recogió muchas cosas. Primero hizo unos zapatos con semillas de diente de león y parecían cómodos y calientes pero, cuando Orti se los puso, se llenaron de arena y sintió muchas cosquillas en la punta de los pies.

Después hizo unos con cáscaras de castañas; con éstos no le entraría arena y no sentiría cosquillas en la punta de los pies, pero, cuando Orti se los puso, se pinchó en los dedos.

—¡Uf! —dijo—. Si piso a alguien podría hacerle daño.

Al final, Orti hizo unos zapatos con musgo; así, si pisaba a alguien, no le haría daño. Pero cuando fue de paseo un día que llovía, el musgo se empapó y los pies de Orti se mojaron.

«¿Qué voy a hacer ahora?», se dijo Orti, muy pensativa, mientras se sentaba en la hierba.

Entonces oyó un ¡tum!, ¡tum!, ¡tum! Cada vez se acercaba más: *¡Tum! ¡Tum! ¡Tum!* Y más cerca: ¡TUM! ¡TUM! ¡TUM! Más cerca todavía: *¡TUM! ¡TUM! ¡TUM!*

Detrás de los árboles, apareció el gnomo Sabihondo y se paró al lado de Orti.

—¿Qué te pasa para estar tan preocupada? —le preguntó.

Orti le contó su problema. Como tenía los pies tan grandes, no podía encontrar zapatos que le fueran bien.

—Eso no debe preocuparte tanto —dijo Sabihondo—. ¡Mira! Tus pies son del mismo tamaño que los míos.

Entoncs Orti los miró y vio que era verdad.

—No debes de haberlos buscado en el lugar adecuado —dijo Sabihondo—. Ven conmigo.

Y ella lo siguió.

Sabihondo le llevó a una tienda llamada Los Pies del Gnomo. Los Pies del Gnomo era un lugar maravilloso. Había todo tipo de zapatos: zapatos grandes y zapatos pequeños, zapatos sencillos y zapatos de fiesta.

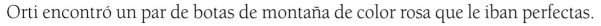

Orti encontró un par de botas de montaña de color rosa que le iban perfectas.

—Puede que no sean tan pequeñas como los zapatos de las otras hadas —dijo Orti.

—Pero te van bien —dijo Sabihondo.

—Y, además, me gustan mucho —dijo Orti.

¿De qué color son TUS zapatos preferidos?

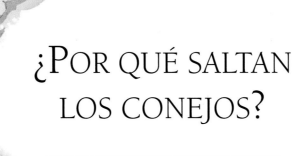

¿POR QUÉ SALTAN LOS CONEJOS?

Michael Lawrence

Tal vez penséis que los conejos siempre han saltado, pero no, no es así. Hace mucho tiempo, los conejos iban a todas partes andando, y sólo algunas veces, cuando tenían prisa, hacían alguna carrerilla. Nunca se les había ocurrido que había otras formas de ir de acá para allá.

Hasta que llegó el día de la Gran Tormenta.

Aquel día, el Conejo no vio la mayor parte de la tormenta porque se había ido a visitar a su vieja amiga, la Comadreja, y no se enteró del daño que había hecho hasta que regresó a su casa. Caminaba ligero y silbaba contento mientras pensaba que la vida era muy bonita.

Cuando vio el enorme árbol que había caído atravesado en el camino de su casa y las grandes rocas que se habían desprendido desde lo alto de la colina y habían bloqueado el valle por ambos lados, el Conejo se paró de golpe y pensó que quizás aquel día no era tan fantástico como le había parecido.

El Conejo intentó trepar por encima del árbol que había caído en el camino, pero era demasiado alto y ancho para alguien tan pequeño como él, que sólo podía andar y, como mucho, correr.

66

—¡Paaaaso! —gritó una voz.

El Conejo se apartó, y un Canguro dio un gran salto por encima del árbol y desapareció.

—¡Para ti es muy fácil! —gritó el Conejo al verlo pasar.

—¡Cuidado, Conejo! —gritó otra voz.

El Conejo se apartó, y una Cabra brincó encogiendo sus patas traseras y salió disparada.

—¡Presumida! —exclamó el Conejo.

Después, llegó una Liebre dando saltos por encima de los obstáculos, y luego un Saltamontes bote va, bote viene, y la Rana salta que salta, y todos lo hacían como si fuera lo más fácil del mundo.

—¿Y yo, qué? —gimió el Conejo, que no soportaba que lo ganaran en nada, aunque fuera algo muy difícil.

—Será mejor que te vayas, Conejo —dijo el Lobo mientras saltaba—. La tormenta se acerca otra vez.

—No pierdas el tiempo —dijo el Ratón que trepó sin ninguna dificultad—. Ahora empezarán a caer rayos.

—Yo no me quedaría aquí —dijo el Cuervo mientras desplegaba sus alas y salía volando—. La tormenta se acerca.

Y otra vez llegó la tormenta que antes el Conejo había tenido la suerte de evitar. Primero llegaron las nubes, grandes, negras y amenazadoras, que avanzaron cubriendo el cielo y dejaron caer gotas y más gotas encima del Conejo. Entonces, empezó a llover torrencialmente y los relámpagos rompieron el cielo y cayeron sobre la tierra, tanto sobre las cosas fuertes como sobre las débiles.

—¡Oh, oh, oh! —dijo el Conejo, que no había visto nunca un relámpago.

Los truenos llegaron después, pero ¡vaya truenos! Salían del interior de las amenazadoras nubes negras como el rugido de un gigante malhumorado a la hora del desayuno, o como un bramido tan terrible que quisiera agitar la tierra y hacerla temblar, ocultar la cabeza y llorar desconsoladamente.

Las orejas del Conejo estaban tiesas como dos postes de telégrafos a cada lado del húmedo camino, y cuando las orejas se levantaron, el resto de su cuerpo las siguió, de manera rápida y repentina, como si le hubiera explotado un cohete debajo. El Conejo se asustó tanto con los truenos que saltó alto, muy alto. Tan alto que creía que nunca volvería a bajar, pero descendió, y cuando miró a su alrededor vio, muy sorprendido, que estaba al otro lado del árbol caído.

«¿Cómo he llegado hasta aquí?», se preguntó atusándose los bigotes y enderezándose las orejas que le chorreaban.

Pero antes de que pudiera adivinarlo, volvió a brillar un relámpago y cayó tan cerca de las patas del Conejo que parecía que quería tocarlas. Entonces, el Conejo saltó a un lado y luego al otro, pero el relámpago quería pillar sus patitas, así que él saltó sobre sus talones y corrió y saltó y brincó hasta que llegó a su casa, mareado y sin aliento, pero muy, muy contento de haberse podido salvar tan rápido y tan fácilmente.

Y desde ese día, el Conejo no volvió a caminar ni a correr cuando tenía prisa. Se le había olvidado cómo hacerlo.

—Desearía poder ir a dar un paseo de vez en cuando —se le oyó decir algunos años más tarde—. No hay nada mejor que un tranquilo y lindo paseo cuando te apetece...

Y yo no lo acabo de entender..., algunos conejos nunca están contentos...

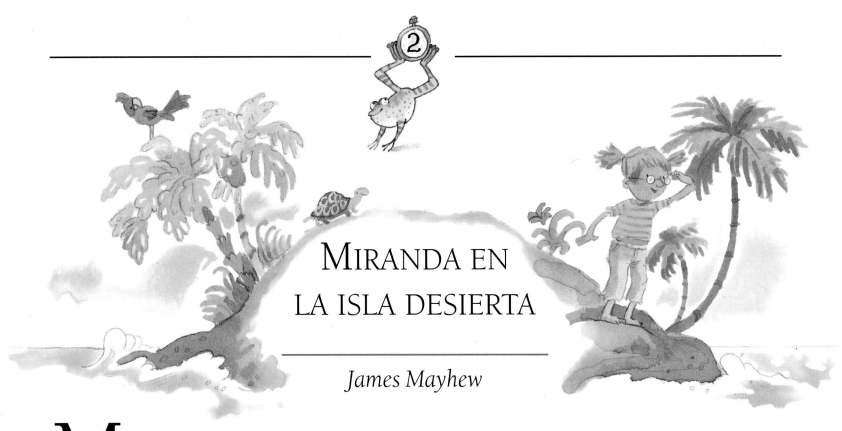

MIRANDA EN LA ISLA DESIERTA

James Mayhew

Miranda era una náufraga. Había naufragado en una isla desierta y esperaba que la rescatasen, pero no llegaba nadie.

Miranda no sabía qué comer, pero los animales que había por allí, sí lo sabían. Observó a los tiburones que comían peces y vio a las tortugas marinas que comían algas. Los pájaros comían frutas y bebían néctar, las serpientes comían pájaros y los monos comían nueces. ¡Hasta las arañas sabían qué comer!

Ella buscaba un poco de comida y agua, pero el agua del mar era demasiado salada y los charcos estaban llenos de insectos. Después de mucho caminar, encontró una fuente con agua limpia y fresca y bebió un poco. Luego, se quitó los correctores de sus dientes, les ató una cuerda y pescó un pez, pero no fue capaz de comérselo crudo, así que lo devolvió al mar.

Entonces Miranda se preguntó si habría allí alguna fruta que pudiera comer. Buscó entre los árboles y encontró mangos y kiwis, plátanos y nueces, y comió muchísimos.

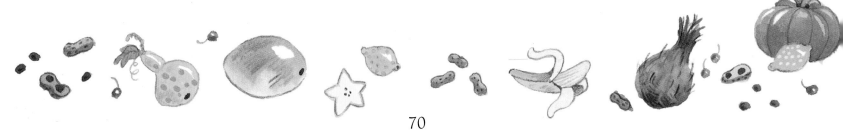

Después de tanto buscar y comer, Miranda estaba cansada y quería dormir. Los tiburones descansaban en el agua, las tortugas marinas habían dejado sus huevos en la arena, los pájaros tenían sus nidos, las serpientes y las arañas, sus rincones, y los monos, sus árboles. Miranda intentó dormir en la playa bajo las estrellas, pero tenía frío, y los sonidos del mar y de la isla la mantenían despierta.

A la mañana siguiente, Miranda decidió construirse una casa y pensó que el lugar más seguro sería un árbol. Puso troncos entre las ramas para hacer el suelo, reunió hojas y las mezcló con enredaderas para levantar las paredes, y rellenó los huecos con barro. Utilizó sus gafas como una lupa y, haciendo pasar la luz del sol a su través, encendió un fuego que le serviría para calentarse por la noche y para cocinar.

Miranda se cansaba mucho cuando iba a buscar agua, pero lo solucionó vaciando unas cañas de bambú para hacer cañerías gigantes, que fueran desde la fuente hasta la casa del árbol.

Cada día, la niña descubría más y más cosas que podía usar en la isla. Utilizó conchas para poner la comida y cocos para beber. Cogió hebras de las parras y las usó como cuerdas, y confeccionó collares con piedras y conchas, y una pamela con hojas. Plantó semillas y cultivó flores y hortalizas en su jardín.

Miranda no paraba de construir cosas. Construyó un dormitorio, una cocina y hasta un baño con váter.

Se lo pasaba bien en la isla. No tenía que ir a la escuela, ni a dormir a una hora fija; y, claro, tampoco tenía que bañarse ni lavarse el pelo por la noche. Parecía que tenía todo lo que necesitaba.

Un día divisó un barco. Saltó y gritó y le hizo señales, pero nadie la vio porque era muy pequeña. Aunque esperaba que el barco regresara, nunca volió a verlo.

Miranda se sentía sola. Los tiburones tenían pareja y las tortugas marinas tenían una gran familia, igual que los monos y todos los demás animales. Incluso las arañas tenían familia. La niña intentó hacerse amiga de ellos, pero no era lo mismo.

Entonces Miranda construyó una balsa para salir a navegar. Sintió pena de dejar su jardín y su casa en el árbol, pero no quería estar más en la isla. Necesitaba encontrar a su familia, y era el momento de intentarlo.

Me parece que a Miranda le ha gustado su isla desierta. ¿Y a ti?

RICITOS DE ORO
Y LOS TRES OSOS

Vivian French

Había una vez tres osos que vivían en una casita en medio de un bosque. Eran Papá Oso Grande, Mamá Osa Mediana, y el pequeño Osito. Cada mañana desayunaban copos de avena, y también cada mañana iban a dar un paseo, mientras los copos de avena se enfriaban.

Un día, cuando los tres osos estaban dando el paseo, una niña llegó corriendo por el camino que llevaba a la casa. Había estado recogiendo flores en el bosque y se había perdido, y, por eso, llamó a la puerta para preguntar por dónde podía volver a su casa.

¡POM! ¡POM! ¡POM!

La niña llamó muy fuerte pero nadie contestó.

«Mmmm —pensó mientras giraba el picaporte—, tal vez están durmiendo.»

La puerta se abrió enseguida. Los tres osos no la cerraban nunca, porque nunca había llegado nadie a esa parte del bosque. La niña empujó la puerta y la abrió de par en par.

—¿Hay alguien ahí? —dijo en voz alta—. Soy Ricitos de Oro ¡y me he perdido!

Pero tampoco hubo respuesta, así que se dirigió a la pulcra y ordenada cocina..., y allí, en la mesa que tenía delante, había tres humeantes cuencos de copos de avena. Había un cuenco muy grande, uno mediano y uno muy pequeño.

—¡Oh! —dijo Ricitos de Oro con los ojos brillantes—. ¡Copos de avena! ¡Me gustan mucho, y estoy tan hambrienta! Si tomo sólo una cucharada o dos, seguro que no se darán cuenta.

Y cogió la cuchara más grande y la hundió en el cuenco más grande.

—¡AAUUU! ¡OOOOUU! —dijo Ricitos de Oro—. ¡Estos copos de avena están demasiado calientes!

«Tal vez será mejor que pruebe el cuenco mediano», pensó mientras cogía la cuchara mediana y la hundía en el cuenco mediano.

—¡UF! ¡PUAJ! —dijo Ricitos de Oro—. ¡Estos copos de avena están demasiado fríos!

«Tal vez será mejor que pruebe el cuenco más pequeño», pensó mientras cogía la cuchara más pequeña y la hundía en el cuenco más pequeño.

—¡Mm! ¡MMM! ¡MMmm! —dijo Ricitos de Oro—. ¡Estos copos de avena están EN SU PUNTO!

Y antes de que se diera cuenta de lo que hacía se lo comió todo.

—¡Dios mío! —dijo Ricitos de Oro cuando vio lo que había hecho—. ¡Lo siento pero estaban tan ricos! ¡Oh, qué cansada estoy! Quizá me sentaré un ratito —dijo dando un bostezo, y trepó a la silla grande para descansar.

La silla grande no era muy cómoda. Ricitos de Oro se movía y removía en ella y al final bajó de la silla.

—Esta silla es demasiado dura —dijo—. Aquí no puedo descansar. Probaré la silla mediana.

Y se acomodó entre los suaves cojines rosas de la silla mediana... pero tampoco se sentía a gusto.

—Esta silla es demasiado blanda —dijo Ricitos de Oro—. Probaré la silla más pequeña.

Y bajó de la silla mediana.

—Mmmm... —dijo Ricitos de Oro mientras se sentaba en la sillita más pequeña—. ¡Aquí sí que estoy cómoda!

Dio un bostezo mediano mientras se balanceaba adelante y atrás, adelante y atrás, hasta que...

¡CATACRAC!

La sillita se hizo pedazos a su alrededor.

—¡Dios mío! ¡Qué he hecho! —dijo Ricitos de Oro mientras se ponía de pie—. No la quería romper.., de verdad que no. Me pregunto si en el piso de arriba habrá una cama cómoda —se dijo mientras volvía a bostezar, y esta vez fue un bostezo muy grande.

Ricitos de Oro subió la escalera despacito, y, claro, allí había un dormitorio con tres camas. Había una cama grande, una mediana y una muy pequeña. Ricitos de Oro subió a la cama grande, pero era muy dura. Entonces se metió entre los suaves cojines rosas de la cama mediana, pero era demasiado blanda.

—No puedo dormir en ninguna de estas camas —dijo Ricitos de Oro de mal humor—. Tendré que probar la cama más pequeña.

—¡MMMMMMMMMMMMMM!

—dijo Ricitos de Oro mientras se acurrucaba en la cama más pequeña—. ¡Qué cómoda es ésta! —Y se quedó profundamente dormida.

Poco después de que Ricitos de Oro se quedase dormida, los tres osos volvieron de su paseo. Se sorprendieron al encontrar la puerta abierta de par en par y entraron enseguida.

—¡DIOS MÍO!
—dijo Papá Oso Grande
con su gran voz profunda
al ver la mesa—.
¡MIRAD!
¡ALGUIEN SE HA
COMIDO MIS COPOS
DE AVENA!

—¡DIOS MÍO! —dijo Mamá Osa Mediana con su voz mediana—. ¡MIRAD! ¡ALGUIEN SE HA COMIDO MIS COPOS DE AVENA!

—¡DIOS MÍO! —dijo el pequeño Osito con su vocecita pequeña—. ¡MIRAD! ¡ALGUIEN SE HA COMIDO MIS COPOS DE AVENA, Y SE LOS HA COMIDO TODOS!

Papá Oso Grande se dirigió hacia las tres sillas y se rascó las orejas.

—¡FIJAOS! —dijo con su gran voz profunda.
—¡ALGUIEN SE HA SENTADO
EN MI SILLA!

Mamá Osa Mediana se rascó la nariz.

—¡FIJAOS! —dijo con su voz mediana—.
¡ALGUIEN SE HA SENTADO
EN MI SILLA!

Entonces, el pequeño Osito se
rascó la barriga.

—¡FIJAOS! —dijo
con su vocecita
pequeña—.
¡ALGUIEN SE HA
SENTADO EN MI SILLITA
Y LA HA ROTO!

Papá Oso Grande, desconcertado, subió la escalera hacia los dormitorios.

—¡CARAMBA! —dijo Papá Oso Grande con su gran voz profunda—. ¡ALGUIEN HA DORMIDO EN MI CAMA!

Mamá Osa Mediana subió volando la escalera detrás de Papá Oso Grande.

—¡CARAMBA! —dijo con su voz mediana—. ¡ALGUIEN HA DORMIDO EN MI CAMA!

El pequeño Osito subió corriendo la escalera detrás de Mamá Osa Mediana.

—¡NO ME LO PUEDO CREER! —dijo con su vocecita pequeña—. ¡ALGUIEN HA DORMIDO EN *MI* CAMA Y AÚN ESTÁ AQUÍ PROFUNDAMENTE DORMIDA!

Y los tres osos rodearon la cama y se quedaron mirando muy fijamente a Ricitos de Oro hasta que ésta se despertó.

—¡Oh! —dijo Ricitos de Oro cuando vio a los osos—. ¡OH, OH, OH!

La niña saltó de la pequeña cama y corrió escalera abajo, salió volando de la casita de los osos... y no paró de correr hasta que llegó a su verdadera casa.

Hogar, dulce hogar

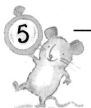

BILLY, EL INCREÍBLE NIÑO GLOTÓN

Paul y Emma Rogers

Desde que nació, Billy Buzoni comía lo que comerían veinte niños. Sólo para desayunar comía patatas, copos de avena, ciruelas, pan, plátanos, judías verdes, sopa, espaguetis y helado.

Billy tomaba siete comidas al día, y piscolabis entre horas. Todo el mundo pensaba que era el niño más glotón del mundo, y los pobres señor y señora Buzoni no sabían qué hacer. En cuanto Billy aprendió a coger las cosas, sus padres no se atrevieron a llevarlo de compras.

Cuando Billy empezó a gatear tuvieron que poner un candado en la nevera, y, una semana después de que aprendiera a andar, tuvieron que guardar la comida en la estantería más alta de la despensa.

Al acabar una comida, era inútil que le dijeran que ya tenía bastante porque unos minutos después lo encontraban mordisqueando una revista o mascando las flores del jardín.

Un día, el señor Buzoni le dijo a su esposa:

—¿Has visto? Los conejos están cada vez más delgados. ¿Te imaginas quién está disfrutando con su comida?

Al final, estaban tan preocupados que llevaron a Billy al hospital pero, mientras estaban hablando con el doctor, él se fue a la cocina del hospital. Ese día, muchos enfermos pasaron hambre...

De tanto comer, Billy Buzoni estaba arruinando a su familia, dentro y fuera de casa. La señora Buzoni se quedó mirando la despensa vacía. Sólo había una hoja de lechuga olvidada en la estantería debajo del último palito de espagueti, y les quedaba muy poco dinero para gastar. ¿Qué podían hacer?

Entonces, de camino hacia el supermercado vieron un anuncio:

Por un instante, los señores Buzoni pensaron: «Qué tontería más grande». Luego se miraron a los ojos y gritaron a dúo:

—¡Apuntaremos a Billy!

Al día siguiente, empezaron a entrenar a Billy. Para ellos fue un gran esfuerzo, pero para Billy la vida era fantástica: ¡una comida detrás de otra! Entre las comidas lo llevaban a dar largos paseos para abrirle más el apetito, y, después de cada comida, cuando parecía que Billy había acabado, en vez de esconderle lo que quedaba, le decían:

—¡Venga, Billy, un mordisquito más!

«Qué raro —se decía Billy—. Esta noche hay otra vez crepes.»

¡Esta historia me abre el apetito!

Llegó el día del concurso, y fue un éxito de público. El pobre Billy no había comido nada en todo el día. El señor y la señora Buzoni lo sentaron a la mesa y, por fin, oyeron que el árbitro decía:

—¡Atención! Que nadie haga trampas. Se ha de comer sin parar. Preparados... Listos... ¡A comer!

Cintia Glotona empezó muy bien, se zampaba las crepes de cuatro en cuatro..., y Bob Fati las engullía con tragos de cerveza... La multitud aplaudía, y los cocineros seguían trayendo más crepes...

Pero ¿qué estaba pasando? ¡Bob Fati aflojaba el ritmo! ¡Cintia se estaba durmiendo!

—¡Vamos! —gritaba el público—. ¡Aún no podéis parar! ¡Tenéis que ganar! ¡Hemos hecho apuestas!

Pero Bob Fati no tenía buen aspecto.

—¡Ay, mi estómago! —gimió—. Me encuentro mal. No puedo comer más, ¡pero este niño, sí!

—Sigue comiendo, Billy —susurró el señor Buzoni y sonrió a su mujer.

El público seguía contando a medida que las crepes iban desapareciendo.

CONCURSO DE CREPES

—¿Ciento dos? ¡No me lo puedo creer! ¡Doscientas cuatro! ¡Y aún quiere más! —dijo el árbrito poniéndose de pie.

»Es sólo un bebé —dijo—. Sólo es un principiante, pero... ¡declaro vencedor a Billy Buzoni!

El señor y la señora Buzoni dieron un gran abrazo a Billy, con mucho cuidado. El árbitro los obsequió con un cheque de trescientas mil pesetas y preguntó a los Buzoni qué harían con el dinero. ¿Se irían de vacaciones? ¿Comprarían muchas cosas?

—Quizá nos compraremos algo para nosotros, ¡pero la mayor parte del premio nos la gastaremos en comida para el bebé! —contestó el señor Buzoni.

Esa noche, los Buzoni fueron a celebrarlo al mejor restaurante de la ciudad. Pidieron el menú más abundante: langosta fresca, rosbif, sorbete de frambuesa, bizcocho borracho y queso.

Pero Billy... no pudo comer nada porque estaba a punto de explotar.

Los
TRES CERDITOS
Y EL GRAN LOBO MALO

Vivian French

Érase una vez tres cerditos que vivían con su madre en una pocilga demasiado pequeña.

—¡Oinc! ¡Oinc! —dijo su madre una hermosa mañana—. Queridos cerditos, tengo algo que deciros.

—¿Qué es mamá? —preguntaron los tres cerditos.

—Oinc —dijo Mamá Cerdita mientras una lágrima resbalaba por su hocico—. Esta pocilga es demasiado pequeña para los cuatro. Ahora ya sois cerditos mayores y debéis ir a correr mundo y tener vuestras propias casas.

—¡Bravo! —gritó el primer cerdito.

—¡Qué divertido! —dijo el segundo cerdito.

—¡Que Dios me ayude! —suspiró el tercer cerdito.

—Oinc —dijo Mamá Cerdita, llorosa—. Hace un día precioso, así que será mejor que os vayáis ahora mismo. Id con cuidado.

Los tres cerditos hicieron corriendo las maletas.

—¡Adioooós, mamá! —gritaron—. ¡Nos veremos muy pronto!

—¡OINC! —dijo su mamá, y salió a despedirlos.

Los tres cerditos, muy contentos, se fueron por el camino. No tardaron mucho en ver a un hombre cargado de paja, y el primer cerdito se dirigió hacia él saltando y brincando.

—Por favor, ¿podría darme un poco de paja? —le preguntó—. ¡Voy a construir una casa, y será mi propia casa!

—Estoy encantado de darte un poco de paja —dijo el hombre—, ¡pero debes tener cuidado con el Gran Lobo Malo!

—¡Bah! —dijo el primer cerdito—. ¡Me importa un comino el Gran Lobo Malo!

Y cogió la paja y construyó con muy poco cuidado una débil casita al lado del camino.

—¡Adiós, adiós hermanitos! —dijo—, y saltó y brincó dentro de su casita de paja y luego se fue a dormir.

Los dos cerditos trotaron por el camino. No tardaron mucho en ver a un hombre cargado de troncos, y el segundo cerdito se dirigió hacia él saltando y brincando.

—Por favor, ¿podría darme algunos troncos? —le preguntó—. ¡Voy a construir una casa, y será mi propia casa!

—Estoy encantado de darte algunos troncos —dijo el hombre—, ¡pero debes tener cuidado con el Gran Lobo Malo!

—No me preocupa —dijo el segundo cerdito—. ¡Este Gran Lobo Malo no vendrá a molestarme! —Y cogió los troncos y construyó él mismo una tosca casita al lado del camino.

—¡Adiós, hermanito! —dijo, y se metió en su casita de madera y se fue a dormir.

El tercer cerdito siguió andando su camino. No tardó mucho en ver a un hombre cargado de ladrillos, y el tercer cerdito se dirigió hacia él saltando y brincando.

—Por favor, ¿podría darme algunos ladrillos para mi casa? —le preguntó—. Voy a construir una casa, y será mi propia casa.

—Estoy encantado de darte algunos ladrillos —dijo el hombre—, ¡pero debes tener cuidado con el Gran Lobo Malo!

—¡Claro que iré con cuidado! —dijo el tercer cerdito—, y gracias por su amabilidad.

Y cogió los ladrillos y construyó una casita perfecta. Tardó mucho en acabarla pero lo consiguió.

—¡Uf! —suspiró el tercer cerdito, y se metió corriendo dentro de su casita de ladrillos.

Aunque estaba cansado, amontonó unos palos para hacer fuego y llenó de agua una olla grande.

«Nunca se sabe quien puede venir —pensó—, y siempre va bien tener agua caliente a punto.»

Y el tercer cerdito se arropó y se fue a dormir.

Al otro lado del camino, el Gran Lobo Malo miraba la pocilga de Mamá Cerdita.

—Ya veo que no hay cerditos —dijo—. ¿Se han hecho demasiado mayores, verdad?

—Ya lo creo —dijo, orgullosa, Mamá Cerdita—. Se han ido, hechos y derechos.

—Vaya, vaya, vaya —dijo el Gran Lobo Malo—. Se han ido por allí, camino abajo, ¿no es así?

—Oinc —dijo Mamá Cerdita.

—¡Qué causalidad! —dijo el Gran Lobo Malo—. Resulta que yo voy en la misma dirección. Les daré recuerdos suyos si los veo.

El Gran Lobo Malo salió corriendo por el camino. No tardó mucho en llegar a la débil casita de paja, y sonrió enseñando todos los dientes.

—¡Cerdito! —gritó—. ¿Quieres salir a jugar?

—¡Uf! —exclamó el primer cerdito—. ¡Vete, horrible viejo lobo!

—¡Ajá! —dijo el Gran Lobo Malo—. Entonces soplaré y soplaré, y tu casa DESTRUIRÉ!

Y sopló y sopló, y la casita por los aires VOLÓ.

El primer cerdito echó a correr, y el Gran Lobo Malo corrió tras él..., pero el primer cerdito corrió más rápido y entró de golpe en la tosca casa de troncos de su hermano.

—¡Socorro! —dijo resoplando—. ¡Viene el Gran Lobo Malo!

El Gran Lobo Malo corrió por el camino detrás del primer cerdito. No tardó mucho en llegar a la tosca casita de troncos, y sonrió enseñando todos los dientes.

—¡Cerdito! —gritó—. ¿Quieres salir a jugar?

—¡Vete! —gritó el segundo cerdito—. ¡Y no vengas a molestarme!

—¡Ajá! —dijo el Gran Lobo Malo—. ¡Entonces soplaré y soplaré, y tu casa DESTRUIRÉ!

Y sopló y sopló y resopló y la casita por los aires VOLÓ.

Los dos cerditos echaron a corren, y el Gran Lobo Malo corría detrás de ellos..., pero los dos cerditos corrían más deprisa.

Así que entraron de golpe en la perfecta casita de ladrillos de su hermano.

—¡Socorro! —dijeron jadeando—. ¡Que viene el Gran Lobo Malo!

—¿Conque sí, eh? —dijo el tercer cerdito, y encendió el fuego y puso la olla llena de agua a hervir... justo debajo de la chimenea.

El Gran Lobo Malo corría por el camino detrás de los dos cerditos. No tardó mucho en llegar a la perfecta casita de ladrillos y sonrió enseñando *en serio* todos los dientes.

—¡Cerdito! —gritó—. ¿Quieres salir a jugar?

—¡Pues claro que no! —gritó el tercer cerdito.

—¡Ajá! —dijo el Gran Lobo Malo—. ¡Entonces soplaré y soplaré, y tu casa DESTRUIRÉ!

Y sopló y sopló, y sopló y sopló, y SOPLÓ Y RESOPLÓ..., pero no pudo hacer volar por los aires la casita de ladrillos.

—¡Jo. jo, jo! —dijo el Gran Lobo Malo—. ¡Hay más de una manera de coger a un cerdito!

Y trepó al tejado de la casita de ladrillos y se metió en la chimenea.

Y gateando y gateando el Gran Lobo Malo se deslizó y bajó más y más.

—«¡Yupi, yupi! —se dijo el Gran Lobo Malo—. Ya me acerco a...»

¡Chooffffff!

El Gran Lobo Malo cayó en el agua hirviendo.

¡Aaaaaayyy!

El Gran Lobo Malo se puso de pie de un salto. Aulló y gritó, y chilló y bramó, y corrió hacia la puerta, y luego por el camino y siguió corriendo colina abajo... Y nunca, nunca, nunca más volvió a molestar a los tres cerditos.

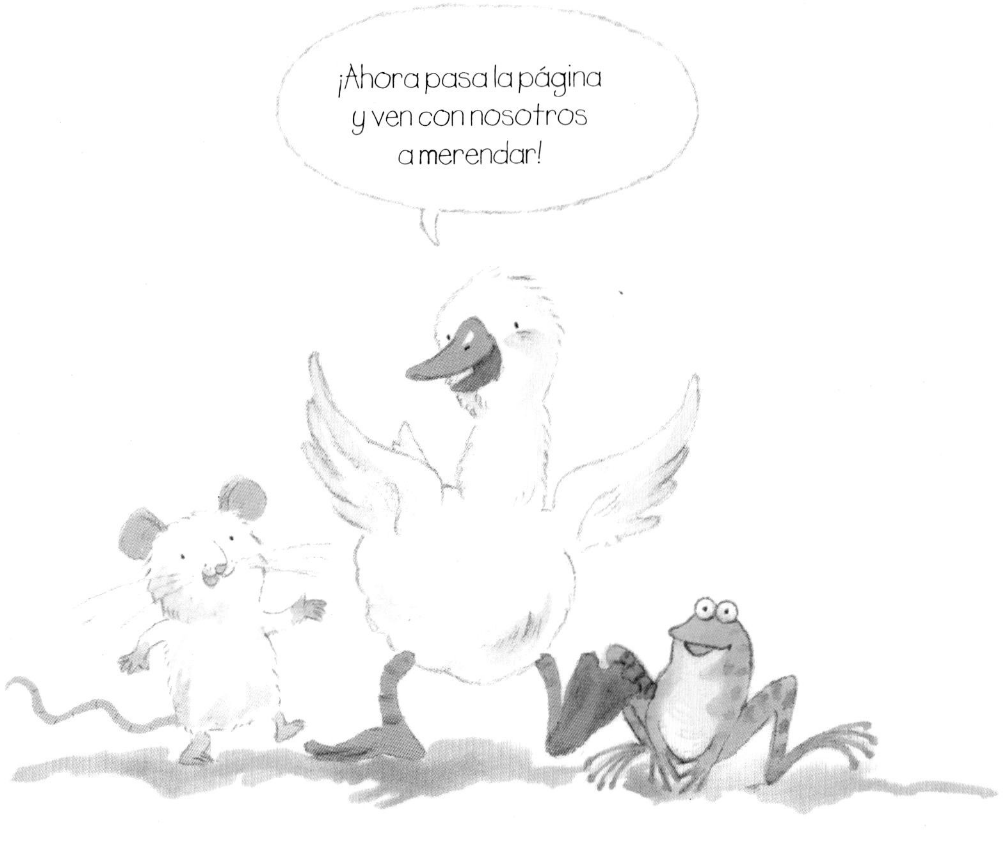
¡Ahora pasa la página
y ven con nosotros
a merendar!

¡Eso es todo! ¿Te han gustado estas historias? La Rana, el Ratón y el Pato se lo han pasado muy bien contándotelas, pero ahora es el momento de la merienda. ¡Que aproveche!

¿Quién ha venido a la reunión? ¿Los conoces a todos? Algunos personajes son los protagonistas de las historias de este libro. Si las has leído o escuchado con atención, seguro que los reconocerás.

Agradecimientos

Porky da un paseo en tren © Pam Ayres, 1998; *Los zapatos nuevos de Orti* © Lynda Britnell, 1996, primera edición en Orion Children´s Books; *El gigante egoísta* © Lucy Coats, 1998; *El Doctor Chon y la jirafa* © Andrew Davis, 1972, primera edición en William Collins & Sons Ltd en *The Fantastics Feats of Doctor Boox*; *Ricitos de Oro y los tres osos, Los tres Chivos Chivones* y *Los tres cerditos y el Gran Lobo Malo* © Vivian French, 1998; *Una noche os atraparé* © Joy Haney, 1998; *Tobías y la sirena* © Shirley Isherwood, 1998; *¿Por qué saltan los conejos?* © Michael Lawrence, 1998; *La brujita* © Margaret Mahy, 1976, primera edición en JM Dent & Sons en *A Lion in the Meadow and 5 other favourites*; *La extraña fiesta de cumpleaños* © Margaret Mahy, 1984, primera edición en JM Dent & Sons en *Leaf Magic and 5 other favourites*; *Billy, el increíble niño glotón* © Paul y Emma Rogers, 1990, primera edición en JM Dent & Sons en *Amazing Babies*; *El hombre lobo* © Michael Rosen, 1998; *¡Al agua, Alfi!* © Willy Smax, 1994, primera edición en Orion Children´s Books en *Benny the Breakdown Truck*; *La lechuza aprende a volar* © Georgie Adams, 1998; *Miranda en la isla desierta* © James Mayhew, 1996, primera edición en Orion Children's Books; Cada obra ha sido debidamente autorizada por los propietarios de los derechos de autor y pedimos disculpas a los editores si hay alguna omisión involuntaria.